رواية

أُميرتي

هيا

د. جُمان الريحاني

إهداء..

إهداء إلى الحق وراية الحرق التي ترفع دائما

إهداء إلى الحب الحقيقي فليست كل مشاعر هي حب

وليست كل مشاعر هي حب حقيقي

إهداء إلى الحب الذي يرفرف في سماء الحق والحرية

إهداء إلى الأشخاص الحقيقيين والشفافين والذين لا

يتغيرون مع مرور الوقت

جمان الريحاني

أميرة بين الواقع والخيال

كان يا ما كان في قديم الزمان وفي بلاد عربية حيث الحكايات والعجب.

حيث القصص والروايات والغرائب ....

في تلك الأرض العربية، كانت تدور الكثير من الحكايات، ومنها حكاية عن أميرة جميلة.

تقول الحكاية بأن هناك أميرة تعيش في عمق الصحراء، ولكن لم يرها الكثير من الناس.

إلا أن الذين تمكنوا من رؤيتها قد نقلوا أوصافها

أميرة جميلة حسناء..

لها عيون واسعة شعلاء..

ولها شعر ينافس أصفر الشمس بشموخ واعتلاء

ولها جسد ممشوق كأنها حورية أو فرس خيلاء

ولها جمال غير مسبوق جمال وبهاء

بين الإنس والجن كأنها الجنة البيداء

كأنها مدينة فيحاء..

كثيرة الشعب والأحياء..

ومن غابت عنه فإنه في برحاء

فهذا ما جاء به المهنة والصرحاء

إنها أميرة الصحراء..

ابنة الكرماء والسمحاء

مقدسة هي كجنة وادي الروحاء..

اختصم في ودّها المتخاصمون، ولم يتصالح الصلحاء

لها رموش كالسيوف تغنى بها الشعراء

وأجاد وصفها الفصحاء..

وقع في غرامها الأصدقاء والأعداء

ولم ينجو من حبها رجل من العامة، ولا ملك ولا أمير الأمراء..

ذاع صيت حسنها في كل الأنحاء..

واكتسحت شهرتها البلدان، والعالم بكل الأرجاء

أميرة حسناء

ببشرة بيضاء

ناعمة ملساء 8

ممتلئة الأثداء..

رشيقة غيداء

تثير غيرة الشقراء والسمراء

ترافق سيرتها أجمل الأنباء

خيّال الفارس المغوار

كان خيّال رجلا صحراويا، وقد كان يتميز ببعض الصفات الجيّدة، فقد كان رجلا جيّدا، قوي البنية، أسمر البشرة، صحيح البدن.

كان خيالا.. رجلا رحالا.. يحب التجوال، لا يبقى في مكان واحد لأكثر من شهر أو شهرين..

لقد كان يجول البلاد، ويعيش في البراري والصحراء أكثر من يقضيه في المدن والحضر.

لقد كان عشقه وهواه العيش في البراري، يتنعم بما فيها من خير يراه من يستطيع رؤية الخير في خلق الله.

حكايات وأساطير

عندما وصل خيّال إلى إحدى البلاد وقد كان يطيل السهر، ويسهر الليالي يحب الحكايات والحكم والأمثال

لم يكن بليغا ولا شاعرا، ولا حكيما، ولكنه كان يحاول جهده أن يجالس العلماء والفقهاء في جلسات السهر والليالي الساهرة..

يحب الاستماع للأحاديث، وتبادل المعلومات..

يحب الاستماع للحكم والأمثال..

وقد كان يتصادف مع بعض الحكايات والروايات.

كان يحب كل ما له صلة بالخوارق والخيال.

يحب الأساطير والمخلوقات غير الحقيقية غير الموجودة..

لم يكن يؤمن بها، ولكنه يحب قصصها المثيرة..

ليلة من ألف الليالي

كانت الصدفة في إحدى الليالي، أن كان هناك رجل حكواتي يحكي الحكايات في ليلة من كل ألف ليلة

لقد كان ذلك الرجل الحكواتي شيخا طاعنا في السن، وقد كان يصوم، ويصوم عن الكلام أيضا، ولكنه يحكي كلما تكلم، وغالبا ما تكون حكاياته من حكايات العجب والتي تثير الخيال..

كان السعداء والمحظوظون هم من يتصادف لهم أن يستمعوا لحكاياته، التي ليست متوفرة دائما ولا في المتناول..

صدف هذه المرة لخيّال أن يكون في الزمان والمكان المناسبين، لكي يستمع لحكايات الرجل الحكيم..

كانت جعبة الرجل الحكيم مليئة بالأعاجيب، ولا شيء فيها قد يوصف بالغريب، لأنها كلها غرائب، وهو يقول أنها من واقع، وعوالم هي واقع لأشخاص ما، وليست مجرّد خيّال يفتح الشهية للتخيل، بل هي حقيقة بمرّها وحلوها.

قال في تلك الليلة الرجل الحكيم:

أيها الجمع الغفير.. أريد أن أحدثكم هذه الليلة عن رؤيا رأيتها ليلة البارحة، وإلا لما كنت بهذا الموضوع أنا أتكلم..

لقد رأيت ليلة البارحة.. رجلا من بينكم يبدو أنه رجل صالح، وقد جاء إلى هنا من بلاد بعيدة..

واعتقد أن كل التجار الحاضرين لهذه السهرة، قد جاؤوا من بعيد، لذا لا يمكننا أن نعرف من هو هذا الرجل بالتحديد..

المهم أن لهذا الرجل حاجة

وقد ذكر الرجل حاجته في المنام

لقد خبرني بما يشغله، وسألني عما يجهله

لقد قال لي:

سيدي الحكيم..

أقصص علي قصة لا أعرفها..

فقلت له:

وهل تعرف كل القصص؟

الرجل:

بل أريد قصة، لم يسمعها بشر بعد.

أريد قصة لم ينقلها الجن لأحد

أريد قصة فريدة..

أريد قصة جديدة

أريد قصة.. سماعها يجلب اللحظات السعيدة

أريد قصة

أنا قلت:

أحسنت القول وجزاء قولك الحسن حكاية، هي هدية
لك.

الرجل:

وهدية الحكيم مقبولة

فقلت:

لك ما طلبت، ولكن يجب أن تنصت بقلبك، إن كان في
نيتك أن تصدق ما تسمع..

أميرة الصحراء

عندما بدأ الحكيم يقصّ الحكاية، كان الرجل يستمع بكل ما فيه من حواس.

لقد فتن بما سمع، وقد كانت حكاية الرجل عن أميرة جنية أو ربما كانت إنسية.

إنها أميرة حقيقية.

ويبدو أن الحلم كان حقيقة، فما قصة الحكيم في حلمه قصه على الناس في الواقع، ويبدو أن الرجل المقصود الذي طلب القصّة في الحلم، كان هو نفسه خيّال، ولكن لم يقل ذلك لأحد، وقد قصّ الحكيم القصّة على الجميع

ولكنه كان يعلم بأن هناك أحد بين الحضور، والأمر يخصّه هو بالخصوص.

وقد كان الرجل هو خيّال نفسه.

لقد انبهر خيّال بالحكاية، ووقع في حب الأميرة

الأميرة الجميلة الحسناء

أميرة الصحراء..

أميرة الحضر والبيداء

أميرة الإنس والجن، معشوقة الوجهاء

أميرة غيبت عقول الحكماء

فأصبح الجميع في حبها عشاقا جهلاء

لكي ينالوا ودّها يقدمون القرابين بسخاء

يتقربون إليها بصناديق الذهب والتوسل والرجاء

يعدونها بجنّات الرخاء

والسعادة في السرّاء والضرّاء

وحب إلى الأبد بوعد وكلمة الشرفاء

يسعون لنيل الرضا، فيلينون وهم أشداء

واختلفت في وصفها الآراء

فقد كانت صعبة الإرضاء

وخلقت بين عشاقها المنافسة والبغضاء

ولكنها توحدت.. على أنها أميرة شديدة الإغراء

مشرقة زهراء

أميرة غيداء

رفيعة الخصر هيفاء

أجمل عذراء

الوقوع في حب الأساطير

بعد أن سمع وصوفها كأنها احتلت خياله..

وبعد أن أكمل الحكيم كلامه، وكاد أن ينصرف، وقد كان الحضور ملتفون حوله يودعونه، ومنهم من يطلب منه النصيحة في يوم كلامه، اليوم الذي يتكلم فيه، والذي لا يحدث إلا كل ألف يوم.

وهكذا تقدم خيّال من الحكيم بخطوات متثاقلة حتى سنحت له الفرصة، ثم استجمع كل قوته وطاقته

وقال له:

سيدي الحكيم.. لدي طلب مشورة..

الحكيم:

تفضل بما لديك؟

الرجل:

أنا سيدي الحكيم.. في أمس الحاجة للنصح والمشورة، لأن الأمر الذي أفكر فيه هو أمر مهم للغاية، ولكنه يتسم أيضا بالغرابة، ولن يفيدني فيه أحد إلا رجل حكيم يقص الحكايات، ويقول بأن الأساطير قريبة وحدثت يوما، فليصدق من يحب وليكذب بها من يحب.

الحكيم:

لقد استشففت من مقدمتك إصرارك على الموضوع الذي تريد السؤال فيه، والآن أخبرني فيما مشورتك أيها الرجل الغريب..

الرجل:

سيدي الحكيم.. أنا اسمي خيّال وأنا أهوى الصراء والترحال وقد سمعت منك حكاية اليوم تجذب اللب وتسلب البال

سيدي الحكيم أنا أجول الصحراء منذ آن كان عظمي طريا، وها أنا رجل كبير العمر، ولازالت الصحراء همي وعشقي..

لا يطيب لي مقام إلا كل الأراضي الجرداء، والواسعة في الصحراء..

الحكيم:

جيّد.. وكل هذا هو كلام حكيم..

الرجل:

ولكن يا سيدي الحكيم.. لقد رأيت الجمال في الأرض والسماء..

رأيت الجمال في الأرض وواحاتها، في جناتها الغناء،

رأيت الجمال في السماء في شمسها الصفراء،

ونجومها اللامعة كل مساء..

ولكن أشعر بأنه ينقصني أمر ما..

الحكيم:

وهل تعلم ما الذي ينقصك؟

الرجل:

قبل هذه الليلة، وقبل أن تحكي أنت الحكايات، لم أكن
أعلم ما هو الذي ينقصني، ولكن الآن أشعر بأن القدر
قد هداني إلى أهم أمر في الحياة، وهو أمر يشبه الحلم،
ولكنني أشعر بأنه حقيقة فخيّال يحب الخيال، ولكنه
يؤمن بالأحلام أحيانا تصبح حقيقة..

الحكيم:

حكيم أنت أيها الرجل.

الرجل:

سيدي الحكيم..

سوف أصارحك بكل ما يجول بخاطري، وبما في بالي..

الحكيم:

قل ما لديك

الرجل:

سيدي الحكيم.. أنا مغرم.

الحكيم:

مغرم؟

الرجل:

أجل.. لقد وقعت في الغرام منذ قليل، وأريد منك أن تساعدني..

الحكيم:

سوف أقدم لك النصح، وأرشدك إلى الضوء في نهاية الطريق.

الرجل:

وهذا ما أنا في حاجته.. يا سيدي الحكيم.

الحكيم:

حسنا.. فماذا تريد؟

الرجل:

أريد أن أجد طريق الأميرة هيا، أميرة الإنس والجن، تلك الأميرة التي ذكرتها الأسطورة.

الحكيم:

لما؟

الرجل:

لأنها هي.. التي أنا وقعت في غرامها.

الحكيم:

هل أحببت الأميرة؟

الرجل:

ومن قد لا يحبها؟!

الحكيم:

معك حق الجميع يغرمون بها، وكل ما يسمع عنها يحبها.

الرجل:

ولكن أنا أريد وصلها.

الحكيم:

هل تفكر في لقائها؟

الرجل:

بل أريد أن أتزوجها.

الحكيم:

لا أعلم عن هذا شيئا، فموضوع الزواج لم يرد في الحكايات التي رويت عنها، ولا أعلم إن كانت قد تقبل الزواج برجل عادي.

الرجل:

أنا خيّال رجل الصحراء، ولست رجلا عاديا.

الحكيم:

ولكن.. بالنسبة للأميرة، أنت مجرد عاشق مجنون.

الرجل:

أنا بالفعل عاشق مجنون.

الحكيم:

أنت شجاع يا خيّال

الرجل:

شكرا.. أيها الحكيم.

الحكيم:

سوف أدلك إلى الطريق، ويمكنك أن ترى الأميرة،
ويمكنك أيضا أن تعبر لها عن حبك لها.

ولكن الأمر لا يتعلق بالزواج.

لا أعتقد بأن الزواج بها هو أمر سهل

الرجل:

ولما لا؟

الحكيم:

لاختلاف العوالم، وليس فقط لهذا الأمر لأن كل الحكايات التي جاءت عنها، لم تذكر رغبتها في الزواج برجل معين، ولم تذكر أن وصل أي رجل إلى قلبها.

الرجل:

أنا سأصل، وسوف امتلكه.

الحكيم:

أنت مصر؟

الرجل:

أجل أنا مصر جدا، وقد أحببتها في كلماتك عنها، فكيف الأمر إذا رأتها عيناي.

الحكيم:

اسمع كلامي.. وسوف نرى ما سيحدث.

حلم خيّال

بعد أن عرف الحكيم مطلوب خيال، قرر أن يساعده لكي يصل إلى الأميرة، ولكنه لم يعده بالزواج بها، لأن هذا الأمر كان أكبر من طاقاته، ولم يكن في مقدوره.

كما أن الحكيم كان يعلم جيّدا بأنه فقط للوصول إلى الأميرة، هو أمر في غاية الصعوبة، فما بالك نيل حبها والزواج بها.

لقد كان يعلم بأنها أميرة صعبة المنال، وربما من المستحيل الوصول إلى قلبها.

أما بالنسبة لموضوع رؤيتها فهذا أيضا كان أمرا صعبا وخطرا، ولكنه في متناول الشجعان والحكماء مع توفر إرادة قوية.

وهكذا قرر الرجل الحكيم أن يساعد خيّال في تحقيق حلمه، الذي رأي بأنه يراوده بقوة وشدة..

فقال له:

سوف أساعدك في الوصول إليها، ولكن أن تصل إلى قلبها فهذه سوف تكون مسؤوليتك الخاصة ..

خيال:

ألن تخبرني.. كيف قد أصل إلى قلبها؟

الحكيم:

لا حكم لحكيم.. في مسألة المشاعر والقلوب.

خيال:

ولكن..

الحكيم:

الأمر لا يحتمل كلمة لكن..

بل يجب عليك أن تبذل قصارى جهدك من أجل الوصول إلى قلبها، وبشكل صادق.. لأنك إذا سلكت الطرق الملتوية.. فإنك لن تصل إلى بر الأمان.

خيال:

حسنا.. سوف امتثل لكل أوامرك يا سيدي الحكيم.

الحكيم:

ليست أوامري.. بل هي توجيهات القدر لكي يحصل المراد، ولكي تصل إلى النقطة المقصودة.

خيال:

حسنا.. سوف أفعل كل ما يجب عليّ فأنا فعلا أريد أن أصل إلى الأميرة، وبأية طريقة، وبأية وسيلة، وبأي ثمن كان..

الحكيم:

سوف تصل يمكنني أن أرى ذلك..

خيال:

أرجو أن يتحقق ذلك..

الحكيم:

اعقد العزم، وانطلق.. ولا تتردد..

خيال:

شكرا لك.. أيها الحكيم لن أنسى فضلك يوما.

الفضل.. فضل الله

بعد أن سمع خيّال من الرجل الحكيم كل النصائح، لكي يجد الأميرة هيا، التي لم تكن معروفة الأرض ولا البلاد، إلا أن هناك بعض المعلومات عن المناطق التي رآها فيها الناس.. في أيام سابقات.

كانت تعيش في منطقة كبيرة، ولكنها تتنقل من جزء إلى جزء على اختلاف الروايات، إلا أنها نفس المنطقة ويمكن تحديدها.

ولكن.. العثور عليها لم يكن أمرا سهلا.

كان على خيّال أن يتوجه إلى تلك المنطقة، وأن يخيم بها لأيام غير معدودات، وأن يخيم هناك، ويراقب.. ويراقب..

عليه أن يراقب الجو والحياة، الأرض والسماء، لكي يستشف إن كان يوجد أية مظاهر حياة هناك.

فقد أخبره الحكيم بأنه بعد أن يقيم هناك لعدة أسابيع أو أشهر، ويحسن المراقبة.. سوف يتمكن من رؤية رماد أو دخان، أو يشم رائحة الطعام أو شواء..

وقد طلب منه أن يتمشى في الأرض حينا بعد حين، بدل أن يجلس في بقعة واحدة، وذلك من أجل اكتشاف المكان الذي هو عليه بالضبط، ويقصد بالكلام قبيلة الأميرة الحسناء هيا.

قضى خيّال عدة أشهر وهو في تلك المنطقة، ولم يكن يشعر بالضيق، ولا بأن الوقت يمر بدون فائدة، أو ببطء شديد.

لقد كان خيّال رجلاً صبورا، وكان هو ابن الصحراء ومحبا للبراري، ومن عادته الحياة في الخلاء لوحده وكل حياته.

كان خيّال مستمتعا بحياته تلك، وأيضا بمغامرته التي هو يخوضها، فقد كان جيّدا في المراقبة وذكيّ، لقد كان يحاول أن يعثر على حبيبته الأميرة هيا.

لقد أصبح خيّال يعتبر الأميرة هيا حبيبة له، وأصبحت هي كل هدفه وأمنيات حياته وهوسه.

في بداية الأمر كانت الأمور عادية، ولمدة عدة أسابيع طويلة، ولكن وبعد أن مر أكثر من شهر، حيث أصبح خيّال شبه مستقر في تلك المنطقة، هنا بدأت تظهر بعض الأمور التي جعلت كلام الرجل الحكيم أقرب إلى الواقع.

يبدو أن سكان تلك المنطقة قد تعودوا على وجوده في تلك المنطقة، وبعد مرور الوقت.. أصبح تقريبا كأنه واحد منهم.

فقد كانوا يرونه، ولكنه هو عاجز عن رؤيتهم، وبعد أن رأوا بأنه مصر على العيش بينهم، وأنه غير مؤذي بالنسبة لهم، فقد كان رجلا مسالما وقد تصالحوا مع فكرة وجوده على الأرض التي يعيشون فيها.

بدأ كلام الرجل الحكيم الذي قاله لخيّال يصبح حقيقة، وأصبح خيّال يكتشف الكثير من الأمور التي تدل على أن تلك الأرض بالفعل مأهولة وأن عليها أشخاص يعيشون، ومهما كان نوعهم.

كان خيّال مصرا على أن من على تلك الأرض هم قبيلة الأميرة هيا.

وقد كان يتحين الفرصة لكي يراها، لقد كان يراقب جيّدا، لأنه يعلم بأنه سوف يأتي يوم لكي رآها لا محالة.

مراحل التواجد في منطقة الحب

بعد أن بدأت مظاهر الحياة تظهر أمام خيال، قرر أن يتقدم بالخطوة القادمة.

لقد كانت من نصائح الرجل الحكيم، أن عَدَّدَ له مراحل تواجده في تلك المنطقة.

المرحلة الأولى:

التواجد في المنطقة..

المرحلة الثانية:

الصبر والمرابطة في المنطقة، وأن يصبح شخصا منها، أن يرابط هناك بلا كلل ولا ملل، وأيضا بدون أن يكون منزعجا، لأنه للحالة النفسية دور كبير في الموضوع، فهو يعطي طاقة للآخر.

المرحلة الثالثة:

التواصل مع الآخر، فحين يقبلون تواجدك معهم سوف ترى بأنهم موجودون هناك، وربما فقط الشعور بهم هو أمر جيّد، وأيضا رؤية بعض مظاهر حياتهم في تلك المنطقة..

المرحلة الرابعة:

محاولة التواصل معهم، من أجل الوصول إلى الأميرة، عليه أن يوطد علاقته بهم.

المرحلة الخامسة:

طلب مقابلة الأميرة هيا..

المرحلة السادسة:

التعبير للأميرة عن الموضوع الذي يهمك، والذي أنت تفكر فيه.

المرحلة السابعة:

الحل الأخير إما الموافقة أو الرفض، وهذه كانت هي النقطة الأخيرة في الأمر، ومنها إما الاجتماع أو الفراق إلى الأبد.

وفي هذه الحالة وإن تمّ الرفض عليك المغادرة من تلك المنطقة على الفور، لأنهم لا يحبون الذين يواصلون البقاء في أراضيهم بعد رفضهم لهم، وخاصة بعد التواصل الذي تمّ بينكم.

المرحلة الأولى

وبعد مرور مدة من الزمن، وبعد أن عرف خيّال بأنه في أرضها وقريبا منها، قرر أن يخيّم هناك، وأن يعيش على تلك الأرض إلى أن يتحقق حلمه.

لقد اكتشف خيّال تلك المنطقة من العلامات والأمارات التي ذكرها له الحكيم..

فقد أعطاه الحكيم الكثير من الملامح التي ستبدوا له بها المنطقة، وإلا لكان تاه في الصحراء التي تبدو أراضيها كثيرة الشبه، وكأنها قطعة واحدة..

وكأن الأرض واحدة، والسماء واحدة..

وكأن الرمال واحدة..

وخاصة المناطق القاحلة منها، والتي لا يوجد فيها الكثير، لكي نميزها عن بعضها البعض.

المرحلة الثانية

يجب على خيّال أن ينفذ تعليمات الحكيم جميعها،
إن كان يرغب في الوصول إلى حلمه.

كان عليه المرابطة والصبر..

لقد كان من شروط الحكيم أن يكون الصبر باقتناع،
وأن لا يكون له في قلبه نغصة أو أن يكون مرغما عما
يفعله، بل يجب أن يكون خيّال مقتنعا وأيضا محبا لما
يفعله.

كان عليه البقاء هناك إلى أمد غير معلوم

لم يكن يعرف كم من الزمن سوف يبقى هناك، ولكن المدة التي سيقضيها، سوف تحدد مدى صبره، ومدى إصراره، وهكذا إن نجح في الأمر، سوف ينال ما يحلم به..

لقد وصل خيّال إلى بداية الخيط، وصل إلى المكان المنشود، وصل إلى أول درجة في السلم.

قد يصل إلى حلمه..

وقد يحققه..

المرحلة الثالثة

بعد أن استقر خيّال في تلك المنطقة، التي كانت تبدو له في بعض الأحيان جميلة، وممتع التواجد فيها، وتبدو أيضا مريحة، وغير مخيفة في الليل.

ولكن في بعض الأحيان كانت تبدو موحشة جدا، وغير مريحة وخاصة في الليل.

لقد كان يسمع صوت عواء الذئاب، وأيضا كان يشعر بأنه قد لا ينجو من تلك الليالي..

ولكن في نفس الوقت كان يشعر بأنها منطقة جيدة وغير مخيفة

لقد كان الوضع مربكا ومختلطا على خيّال، ولكنه كان يعلم بأن هذا الأمر طبيعي، وخاصة في تلك المنطقة بالذات، والتي لا يجب أن يتواجد فيها البشر، إلا أنه هو يحمل حلما بداخله، ويريد أن يحققه.

حلم هو مصر على تحقيقه.

حلم أصبح يعيش من أجله.

المرحلة الرابعة

هكذا جاء دور المرحلة الرابعة، لكي يقوم خيّال بالتواصل مع القبيلة، وأيضا أن يطلب منهم مقابلة الأميرة هيا، ويحقق حلمه الذي يطارده، والذي يسعى إليه.

بدأ خيّال يفكر في طريقة لكي يوصل إليهم مبتغاه، وأن يخبرهم بغايته، لقد فكر كثيرا، ولم يكن أمامه سبيل لفعل ذلك، ولطلب ما يريده، إلا أن خيّال كان يعلم بأن في الأمر صعوبة، فهو لا يرى أحدا.

كيف له أن يتواصل معهم وهم غير مرئيين بالنسبة له؟

كيف له أن يعرف ردة فعلهم على كلامه؟

كيف له أن يجري حوارا من طرف واحد؟

كيف له أن يعرف الجواب؟

ورغم كل تلك التساؤلات، إلا أن خيّال كان مصرا على نيل مراده، ولم يكن ليتراجع بعد أن وصل إلى هذه المرحلة..

لقد كان مصرا على النجاح.

كان مصرا على نيل السعادة.

كان مصرا على الوصول إلى الحب.

كان مصرا على الوصول إلى قلب الأميرة هيا، وبأي شكل من الأشكال.

بعد طول تفكير.. توصل خيّال إلى طريقة رأى بأنها تناسبه تماما، وخاصة أنه قد استلهمها من أسلوب حياته.

لقد كان خيّال شاعرا وكان يعلك بأنه قد وقع في حب الأميرة هيا الكثير من الرجال وعلى اختلاف خلفياتهم والمناصب التي يشغلونها في الحياة.

كما أن الوصوف التي وصلت عن الأميرة هيا قد نظمها الشعراء في القصائد، وقد وصفوا جمالها وشكلها وهيأتها.

ومن خلال ما سبق استخلص خيّال الطريقة، التي يجب أن يخاطب قبيلة الأميرة، وأيضا الأميرة بحد ذاتها.

لقد توصل إلى أنه يجب عليه أن ينظم قصائد شعر، وأن يلقيها على مسامعهم دون أن يراهم، وقد كان يعلم بأنهم موجودين هناك، فقد تأكد من هذا الأمر في الأيام السابقة.

كان على خيّال أن يصر وأن يلقي عليهم قصائده، بكل إصرار وان لا يتراجع أبدا.

الإصرار هو باب الوصول إلى الأميرة.

والصبر هو مفتاح الإصرار

وخيّال كان رجلا صبورا ومصرا، ويريد النجاح في تلك المهمة التي أوكلها لنفسه.

قصيدة انتظار وإصرار

إني قاصد هذه الديار

لعلي أجد ما أبحث عنه من أخبار

لقد جئتكم في حيرة واحتيار

جئت مجبورا، وأيضا وفق إرادتي والاختيار

أجبرني الحب الذي فقده يؤدي إلى الانتحار

وقلبي هو الذي حدد لي طريق الاختيار

يا أهل الديار..

ابلغوا أميرة الليالي والنهار

وأخبروها عني كل الأخبار

أصدقوها القول، وافشوا لها كل الأسرار

أخبروها أنني رجل من الأحرار

وإنني أحبها بإصرار

وإنني أريدها لي سيدة الأقدار

سيدتي وسيدة الأخيار

أرجو من المساعدة أيها الأبرار

إني في حيرة

وفي حاجة لمساعدة

أمل لا ينتهي

أمل لا ينتهي..

أملى في اللقاء لا ينتهي

وأملي في الحياة لا ينتهي

فأنت الحياة، وأنت اللقاء، وبدونك أنا منتهي

أنت الحب، وبعشقك قلبي مبتلي

وحياتي بحبك تجعل الوقت يمتلي

أرجوك دعي قلبي بقلبك يلتقي

ومن البعد للقاء يرتقي

...

أحبك وفي حبك قد أفنى

أهلك ولا أريد منك أن أنجى

باللقاء الجراح تُشفى

وروحي تعذّب وتشقى

فالمعارك مع الزمان، والساعات.. لا تحصى

وأنا أكاد أجن أو بالجنون أتهم وأرمى

ولكن سوف أبقى..

إلى الأبد أنا العاشق الأوفى.

الوقت ينقضي

أين قلبك .. في حضني ليرتمي؟

صبح ينفجر، وليل ينجلي

والحبيب بحبيبه لا يلتقي

لما خيالك عني يختفي؟

هات قلبك من حبي يرتوي

إني من الحب لا أستحي

أنا لا أخاف، والحب في صدري لا ينزوي

بل يخرج للعلن و..

كل الخطط للتمويه عليا لا تنطلي

من لي بقلبي يعتني

جلدي تحت الشمس الحارقة ينشوي

وكبدي من نار العشق يكاد يستوي

كثير النجوى

قلبي كثير النجوى..

والزمن يضطرني لبعض الشكوى

لكن الحب هو الأولى

أبحث لقلبي عن المأوى

فالشوق ينتشر في جسدي كالعدوى

أرجوكم أن تبذلوا السرعة القصوى

لإنقاذ قلبي الذي يهوى

وإلا رفعت يدي إلى السماء بالدعوى

فاسمك فقط يجعل خلايا جسمي تتراقص من النشوة

يا قدسية السعي إليك كالسعي بين الصفا والمروى

أدعو من الله أن لا يكون طلبي عديم الجدوى

سأقيم لعشقك مقاما وروضة

قلبي من الهجر كثير البلوى

ومن الشوق هو يكوى

يا بديع الزمان، يا شهد وحلوى

في الهاوية أنا أهوى

لا تعب ولا رجوع

واصل خيّال على ذلك المنوال، ولم يكن يشعر بالتعب ولا بالاستسلام، لقد كان يشعر بأن الأمر فيه بعض الأمل بالنجاح، وخاصة إن واصل عمله وصبره بنفس الطريقة..

لقد كان ينتظر الجواب منهم، وفي نفس الوقت كان ينظم القصائد، ويلقيها لعل هناك من يسمعه من قوم الأميرة، فيردون عليه..

لقد كان ينتظر الجواب بصبر شديد، وبفارغ الصبر في نفس الوقت..

المرحلة الخامسة

تهتم هذه المرحلة بمقابلة الأميرة، وعلى خيّال أن يُعرِب عن أمنيته بمقابلة الأميرة.

بما أن خيّال قد كان شاعر ويجيد نظم الشعر، لذا قرر أن يعرب عن أمنياته بالقصائد، وقد كان يقول عن الشعر..

الشعر أصدق كلام يخرج من القلب

الشعر يعرف طريقه على الوريد إلى القلب

الشعر يربط المشاعر ببعضها

للشعر سحر على الأذن

الشعر هو كلام القلوب

الشعر صلة وصل بين الأرواح

الشعر يربط روحا بروح

وهكذا قرر أن يتأني وأن ينظم قصيدة لقوم الأميرة، لكي يطلب منهم مقابلتها..

وقد كان يعلم بأن الإصرار يوصل صاحبه ولو بعد حين، يصل الصابر إلى وجهته، وإن قصر الزمان أو طال.

قصيدة خيّال لطلب مقابلة الأميرة

إني أنا خيّال ولكني ليت أتوهم ولا أتبع الخيال

بل أنا فارس رحّال جوال

عاشق في العشق أغني ألف موال

ولي ألف سلاح في النضال

امشي البلاد واقطع الأميال

ولا أصاحب الأرذال

بل أشبالا واسودا وأغوال

اصعد الجبال وانزل التلال

انظم القصائد ويحلو لي الارتجال

لا يخيفني إعصار ولا زلزال

أتنقل بسهولة وادخل الأدغال

أجوب الصحراء وأطلب لقاء أميرة الجمال

أرجوكي غيري هذه الحال

أجيبي طالبك بالحلال

أدفع لك نفسي وكل ما أملكه من أموال فهل لك عليّ إقبال

يا صاحبة الجلال

والدلال

ويا كل المنى والمنال

يا عزيزة الأصل، كريمة العرق، ابنة الأبطال

إني أرغبك لست اليوم في رحلة وتجوال

بل إني لأجلك أصارع الأهوال

وكلي آمال

إني في إصرار ولست في استعجال

بل أنا مرابط صابر ولي قدرة على الاحتمال

وانتظر يوم تستقبلينني بأحر الاستقبال

وتسمحين لي بالتواصل والاتصال

وتخلصين ظهري من حمل الهجر والإثقال

ولن يبق هناك قول ولا أقوال

ولا حكايات ولا ما يقال

بعد ترضى الأميرة عن شاب فضيل الأفعال

نزيه الأخلاق، كريم العمال

رجل يحب حد الكمال

ويبحث عن اللقاء والاكتمال

هل يجاب طلبي بالقبول ويستمر حبنا لأجيال

أم أواصل الرجاء باسترسال

هناك كلام كثير يجب أن يقال

أنا عاشق في كل الأحوال

العشق عبادة وكن الشوق يقطع الأوصال

المرحلة السادسة

القبول أو الرفض

طوال تلك الفترة كان خيّال يقضي وقته في الصحراء بمفرده، ولا أحد معه ولو أن أحدا قد رآه لاعتقد بأنه رجل مجنون يعيش في الصحراء بمفرده، يقضي ليله ونهاره في نفس البقعة.

لقد كان يبدو مجنون بالفعل، لأنه كان يراقب السماء والأرض ولا يبدو عليه التعب، ولا أنه مجبور على تلك الحياة، التي لم تكن مريحة، بل كانت حياة شاقة جدا.

لقد كان خيّال يعثر على الطعام والشراب بصعوبة شديدة، ولكنه لم يستسلم..

كما أن هناك أمر قد كان خيّال يجهله، وذلك الأمر هو أن أهل تلك المنطقة من قوم الأميرة، كانوا يقومون بمساعدته على إيجاد الطعام والشراب، لأنهم كانوا يعتقدون بأنه رجل مؤمن وصبور..

وأنه قد ظل يعيش بينهم لمدة طويلة، فكأنما أصبح منهم، وهم يشعرون ببعض المسؤولية تجاهه..

قضى خيّال حوالي الثلاث سنوات في تلك البقعة من الصحراء، وهو مقتنع بأنه في المكان المناسب، رغم أن الأمر لم يكن مؤكدا، ولكنه كان كذلك بالنسبة لخيّال.

لقد كان يحاول أن يعيش على القليل من الطعام والماء،

فكان يصطاد بعض الحيوانات، وأيضا كان أحيانا يذهب للبحث عن بعض منابع الماء من مياه آبار أو واحات..

أو مياه المطر الراكدة في حالة ما إذا شك في هطول أمطار في مكان قريب ربما..

وقد كان خيّال يعيش حياة تقشف شديد، وهو يحاول الاقتصاد، وتناول القليل فقط، للحفاظ على حياته.

كما أنه قد كان ذكي، فكانت لديه طريقة للحفاظ على حياته في تلك الصحراء..

كان يكثر من النوم من أجل أن يحارب الجوع، وأيضا كان يختبئ من أشعة الشمس لكي لا يجف جسده من السوائل، كما أنه قد خسر الكثير من وزنه وأصبح شكله يحكي عن معاناته في تلك البقعة من الصحراء، وذلك من خلال الشقوق التي على رجليه ويديه أيضا، وأيضا على وجهه، وخاصة على شفاهه.

وبينما هو ينتظر القبول أو الرفض للقاء الأميرة حبيبة قلبه، وحلم حياته أصيب خيّال بحمى.

وهكذا لم يكن أمامه إلا النوم فخلد إلى النوم، وهو يحلم بحبيبته، وهو على أمل بأن يشفى، ويشفى قلبه من البعد والجفاء.

حلم تحقق

استغرق خيّال في نوم عميق ولمدة عدة ليالي متواصلة، وعندما استيقظ، استيقظ على صوت رجل يناديه..

لقد كان ذلك الرجل أحد حراس مملكة الأميرة، وقد أيقظه.. وأخبره أنهم يطلبونه في القصر..

كان الرجل قصير القامة غير بدين، ويحمل رمحا طويلا بقدر قامته مرتين..

قاده الحارس لمسافة طويلة حتى ظهرت لهم المملكة

لقد كانت هناك مملكة بالفعل، تظهر من بعيد..

استغرب خيّال الذي كان قد تعرف على كل تلك المنطقة.. ، فمن أين جاءت تلك المملكة؟؟

هل جاءت من العدم؟

هل خرجت من تحت الأرض؟

هل تمّ بناؤها في عدة ليالي؟ مملكة بأكملها..

أم أنها قد جاءت من عالم آخر؟

وأحيانا.. كان يقول في نفسه:

ربما أنا أتخيل..

ربما لأنني محموم..، أصبحت أرى أمورا غريبة..

أم أنني قد جننت يا ترى؟

ولكن ما الذي يحدث؟

هل أنا في حلم أم حقيقة؟

وبعد بعض الاستغراب..، توصل خيّال إلى أن هذه الأمور تحدث في الصحراء، وهذه الأمور تحت مع بعض الناس فقط..

لا يستطيع الجميع رؤية هذه الأمور الغريبة بل هي أمور تحت مع المميزين من الناس وهو يعتبر نفسه مميزا

بل هو أثبت اليوم بأنه رجل مميز، فما يحدث معه هو أمر غريب، عجيب، ولا يحدث مع أي أحد من البشر.

لقد كان خيّال يشعر بالسعادة، لأنه أيقن بأنه قد وصل تقريبا..

لقد وصل إلى النقطة التي كان ينتظرها كل تلك الفترة التي مرت..

لقد وصل إلى المملكة، وبما أنهم قد سمحوا له بالدخول إلى المملكة، فهذا يعني بأنهم قد وافقوا على مقابلته وقبلوا به.

ولكنه.. لازال لا يعلم ما قد يكون رد الأميرة على مشاعره.

رغم أن خيّال لم يكن يعرف ما قد يكون جواب الأميرة، أو لما بالضبط قد تم استدعاؤه، ولكنه كان متفائلا بالفعل، ولم يكن لديه أي شك في كونهم يرحبون به، وخاصة بعد أن رأى أهل المملكة. ونظراتهم له التي لم تكن نظرات سيئة، بل كانت نظرات استغراب وتعجب، ونظرات ترحيب أحيانا.

كان خيّال يسير مع الحارس وهو يملؤه التفاؤل والسعادة والفرح، كما أن كل أفكار السعادة تراوده، لقد

كان يفكر في كل الأمور الإيجابية التي قد تخطر على بال بشر.

وهكذا عندما وصل خيّال مع الحارس إلى القصر، والذي كان قصرا ضخما، والحرس حوله كثيرون جدا.

فتحت بوابة القصر.. ودخل خيّال برفقة حارس آخر، أو بالأحرى لقد كان خادما من داخل القصر، وبقي الحارس خارجا، بينما قال لخيّال:

سيدي.. رافق هذا الخادم وسوف يوصلك إلى وجهتك

خيّال:

حسنا..

ولكن هل سأرى الأميرة؟

الحارس:

رجاء.. رافق الخادم.. وسوف تصل إلى حيث يجب أن تصل.

خيّال:

حسنا..

ونظر إلى الخادم، وقال له:

هيا بنا..

من الأمور الملاحظة، هو أن كلا من الحارس والخادم
كانا قليلا الكلام، فاعتبر خيّال ذلك بأنهم لا يتكلمون إلا
بما يجب عليهم أو بما قد أمورا بقوله..

رافق خيّال الخادم، وقد كانا عند البوابة التي كانت بوابة قصر عظيم، فكان عليهما المشي كثيرا وعبروا ممرات كثيرة، حتى وصلوا إلى مكان اعتقد خيّال بأنه هناك سيرى الأميرة، ولكنه ذلك لم يحدث..

قال له الخادم:

تفضل بالدخول سيدي..

خيّال:

هل سأرى الأميرة؟

هل الأميرة هي بالداخل؟

الخادم:

اتبع الخادم، وسوف يأخذك إلى جناحك سيدي..

خيّال:

وهل سأجد الأميرة هناك؟

الخادم:

لا..

خيّال:

ماذا يجب أن افعل إذن؟

الخادم:

يجب أن ترتاح وتجهز نفسك، لكي تجري مقابلة في القاعة الملكية..

خيّال:

مع من؟

مع الأميرة؟

الخادم:

لا ..

خيّال:

مع من إذن؟

الخادم:

سوف يخبرونك .. بعد أن ترتاح ..

رافق الخادم الملكي خيّال إلى جناحه الخاص، حيث وجد بأنهم قد جهزوا له الطعام والثياب، وأيضا حمام بالكامل من أجل الاستحمام.

رغم أن خيّال كان متشوقا لرؤية الأميرة، وكانت رؤيتها هي كل همّه وطموحه ومبتغاه، إلا أن الطعام كان جيّدا، وجعله يشعر بالقوة، ويستعيد عافيته.

وبعد أن تناول الكثير من الطعام، وقد قدموا له مائدة متنوعة من أشهى وأطيب أنواع الطعام، وفواكه

وعصير وكل ما يتمناه، وكل ما لم يكن ليحلم به في عمق الصحراء الجرداء التي كان فيها.

لقد شعر خيّال بأنه في جنة غير حقيقية، ولكن الطعام كان لذيذا، وهذا ما جعله يصدق كل ما هو فيه، وكل ما يحدث معه.

بعد أن تناول الطعام والفاكهة والحلويات، سأل الخادم الذي كان بجانبه، والذي لم يكن كثير الكلام أيضا، وقال له:

أريد أن أطرح عليك سؤالا..

الخادم:

تفضل يا سيدي..

خيّال:

وهل ستجيبني؟

الخادم:

بالقدر الذي أعلم.

خيّال:

هل سأرى الأميرة عما قريب؟

الخادم:

ستراها.. ولكن لا أعلم متى.

خيّال:

أنا متعب من السفر.

الخادم:

سيدي.. يمكنك أن تنام قليلا، وأيضا يمكنك أن تأخذ حماما، فقد جهزنا لك الحمام، والثياب الجديدة..

وبعد ذلك.. سوف يبلغوننا من القاعة الملكية، عندما يحين موعد مقابلتك لهم..

خيّال:

هم؟! من هم؟

الخادم:

لا أعلم بالضبط.

ربما الوزراء أو الحكماء أو مجلس الشورى..

خيّال:

والأميرة؟!

الخادم:

وربّما الأميرة.

خيّال:

هل أستطيع أن أنام قليلا؟

هل أنت متأكد؟؟

الخادم:

أجل.. سيدي.. يمكنك ذلك، أنا متأكد.

خيّال:

حسنا..

أخذ خيّال الذي كان متعبا قسطا من الراحة ونام، وقد
كان يشعر بأنه بالفعل في الجنة، وعندما استيقظ اعتقد
بأنه يعيش حلما، وليس بالحقيقة التي هو فيها بالفعل.

بعد أن شبع من الطعام وشبع نوما، قام بكامل قوته
وتوجه إلى الحمام، وأخذ حماما مطولا، حمام خلصه
من كل التعب الذي عاناه في الفترة السابقة، عندما كان
في الصحراء بلا ماء ولا طعام وفير، بل كان يعتمد

على القليل لكي يحي جسده المتعب، والذي كاد أن
يهلك في الصحراء أكثر من مرة.

ارتدى خيّال أجمل الثياب، لقد كانت ثياب ملكية،
وكأنها قد صنعت بأنامل محترفة، محترفة في الخياطة
والنقش والتطريز.

وكأنها ثياب قد تمّت حياكتها لملك أو وزير

إنها ثياب رائعة بالفعل..

لم يرتد خيّال مثل تلك الثياب في حياته أبدا..

لم يكن يعلم خيّال بأن الحياة المريحة، تجعلك تشعر
بمشاعر مختلفة..

لم يكن يعلم بأن الثياب الفاخرة تحمل معها كل تلك
المشاعر التي راودته وهو يرتديها.

لقد كان يشعر بالفخر..

وأيضا كان معجبا بنفسه، وقال في نفسه:

أعتقد بأنني في هذه الحالة، وفي هذه الثياب أليق بالأميرة، وأناسبها كثيرا..

أعتقد بأنها سوف تعجب بي لا محالة

أعتقد بأن الأميرة سوف تري فيا الحبيب المناسب، والزوج المستقبلي المناسب.

أنا سعيد بكل ما يحدث معي..

الحمد لله أن الأمور تسير لصالحي

انتظر خيّال كثيرا.. أن يتم استدعاؤه إلى القاعة الملكية حيث سيرى الأميرة .. ربما ...

لقد كان الانتظار لفترة طويلة، ولكن خيّال قد تعوّد على الانتظار والصبر..

إلا أنه بالفعل كان يشعر بالتوتر، وكان يقول في نفسه وهو يجلس تارة، ويقوم يمشي في جناحه ذهابا وإيابا تارة أخرى:

لم أكن أعلم أن الانتظار هنا قريبا من الأميرة يكون أصعب..

لم أكن أعتقد أن الانتظار للمقابلة أصعب من الانتظار هناك في الصحراء..
95
لم أكن أعلم بأنه مازال أمامي انتظار، وأصعب من السابق..

لم أكن أعلم أن الانتظار قد يكون صعب.

انتظر خيّال لكثير من الوقت، لقد مرّت ساعات وساعات، وكل الوقت كان يمر ببطء شديد.

إلا أن خيّال كان يشعر بالتوتر، ولكنه تعلم الصبر في الصحراء، وهو يعلم بأن الصبر يكون صبرا حين تنتظر حتى النهاية، وإلا فإنه لن يحتسب صبرا.

كان خيّال يشرب الماء والعصير وأيضا بعض الشاي، كوب يأتي وكوب يذهب، وهو ينتظر في تلك الحالة جلوسا ووقوفا..

وفجأة جاء إليه الخادم، وقال:

سيدي.. إنهم يطلبون حضورك.

خيّال:

إلى أين؟

الخادم:

إلى القاعة الملكية.

خيّال:

من هم؟

هل يمكنك أن تخبرني؟

الخادم:

لا أعلم يا سيدي.. ولكنك سوف تعرف عندما تصل
إلى هناك

خيّال:

والأميرة! ماذا عن الأميرة؟

الخادم:

أنا لا أعلم حقا، يا سيدي..

خيّال:

لا عليك هيا بنا..

الخادم:

حسنا..

هيا بنا..

اتبعني يا سيدي..

تبع خيّال الخادم، وسارا في ممرات كثيرة حتى وصلوا إلى باب عظيم كبير جدا وعال جدا، رغم أن الحراس لم يكون بقامات طويلة..

تمّ الإعلان عن وصول خيّال ففتحت الأبواب.

واكتشف خيّال بأنها أبواب متتالية أي أكثر من باب، وهي بعد بعضها البعض..

دخل خيّال من باب وباب وكل ما اعتقد بأن هذا هو الباب الذي سيدخله إلى القاعة الملكية فتح له الحراس بابا آخر..

حتى وصل إلى الباب الأخير، وهو الباب الثاني عشر، وبعد أن فتح له الباب تفاجأ بجمع غفير، وحكماء وأكثر من وزير..

وكرسي العرش كان خال إلا أن الكراسي بالقرب منه، وحوله كلها مشغولة وهناك كرسي في وسط القاعة، لم يكن يجلس عليه أحد.

تمّ الترحيب بخيّال وتوجيهه إلى ذلك الكرسي وسط القاعة، وطلبوا منه الجلوس.

كانت تبدو على وجهه ملامح التوتر والتساؤل، ولكن كبير الحكماء قام من مكانه، وقال له:

لا داعي للقلق يا أيها البشري خيّال.

نحن هنا للترحيب بك..

وليس محاكمة فأنت كمن يدخل إلى قاعة محاكمة.

ابتسم خيّال وشعر ببعض الارتياح، وبعد أن جلس وارتاح في مكانه، أكمل كبير الحكماء كلامه، وقال:

في البداية.. دعني أعرفك بمجلسنا، وهو يشير بيده اليمنى، ويحمل لحافا على كتفه وبيده اليسرى، وقد كانت ملابسهم تشبه ملابس اليونان في الزمن القديم، ولكن بألوان قاتمة، وتميل إلى البني والأحمر.

هؤلاء على اليمين هم الحكماء

وهؤلاء على اليسار هم الوزراء

وهذا كرسي العرش هو كرسي أميرتنا

"الأميرة هيا"

والذين في القاعة هم وجهاء المملكة، وأصحاب المكانات العليا.

ثم التفت كبير الحكماء إلى خيال، وقال للجميع:

والآن جاء دور التعريف بخيّال لكل الموجودين.

سيداتي سادتي ايها الوزراء والوجهاء أقدم لكم ضيف الشرف

هذا هو السيد خيّال وهو رجل من بني البشر.

ربما بعضكم قد سمع عنه، وربما البعض لم يفعلوا

خيّال هو بشري استحق الدخول إلى مملكتنا

خيّال هو رجل صبور

رجل لديه قلب قوي

وعاشق صادق..

خيّال هو فارس ولديه شجاعة كبيرة

كما أن له صيت بين بني البشر، وسمعة جيّدة.

خيّال قد كان يرابط أما بوابة مملكتنا لمدة سنوات في تقويم البشر

وقد صبر.. ونال التذكرة للدخول إلى هنا.

واليوم.. اليوم بالذات.. سوف يلقى جوابه على سؤاله

سوف يلقى جوابه على طلبه.

اليوم.. سوف ينتهي الحلم، لكي يصبح حقيقة أو تظهر الحقيقة من السراب.

اليوم.. سوف تنتهي المعاناة، ومهما كان الجواب.

سوف تنتهي.

بالإيجاب أو بالسلب، المهم هي أنها سوف تنتهي اليوم.

وبعد ذلك التعارف، طلب كبير الحكماء من خيّال أن يحضر كلمة، لكي يلقيها على مسامع الأميرة، لكي تعطيه الجواب النهائي فالرأي الأخير لها، وليس لأي شخص آخر.

فكّر خيّال قليلا، ثم تذكر كلام الرجل الحكيم من البشر، وعرف بأنه يجب عليه أن يعرب عن حبه للأميرة، لكي تعطيه جوابها.

فكّر قليلا وقرر أن يلقي آخر قصائده أمامها لكي يعرب لها عن مدى الحب لها في قلبه، وأيضا أن يمدحها.

وهكذا كان يجهّز قصيدته، حتى أعلن عن دخول الأميرة.

دخلت الأميرة مع العديد من الجواري المتأنقات والجميلات.

ولكن الأميرة كانت تضع شالا أو وشاحا على وجهها يبدو مثل طرحة العروس.

يظهر جمالها من تحته، وتشعّ بجمالها الفتّان، ولكنها لم تنزعه طوال فترة جلوسها على عرشها.

المرحلة السادسة

محاولة نيل إعجاب الأميرة

كانت الأميرة تراقب خيّال وتتفحصه من تحت الطرحة، وقد كان رجلا جيّدا من كل النواحي وبجميع المقاييس، ولكنه لم يكن من بني جنسها.

ولكنه أثبت بأنّه رجل صبور وجيّد.

وجدير بالثقة، وربما قد يجتاز الامتحان القادم، بنجاح ربّما نعم، وربّما لا..

وبعد قليل طلب من خيّال أن يلقي كلمته الأخيرة، فقال:

سيداتي سادتي..

أيتها الأميرة المعظمة..

أيها الحكماء

وأيها الوجهاء

اسمحوا لي..

أولا: أن أقدم تحياتي، واحتراماتي للجميع

وثانيا: أريد أن أشكركم لأنكم قد استقبلتموني في مملكتكم هذه.

المملكة الجميلة كجنّة على الأرض

وأخيرا أريد أن أعرب عن أمنتي..

لي أمنية وحلم..

وقد أتيت إلى هنا بعد معاناة كبيرة..

لقد وصلت إلى المملكة بعد صبر طويل

وبعد معاناة كبيرة..

لقد تحديت المعقول واللامعقول..

تحديت العقل والمنطق..

تحديت الجميع..

تحديت الواقع والأحلام

تحديت الناس ومعتقداتهم

وأخيرا قد وصلت إلى هنا..

أنا قد جئت إلى هنا، لأنني وقعت في حب الأميرة العظيمة.

الأميرة المعظمة..

وقعت في حبها من ما سمعته عنها، وعن جمالها..

وأريد الارتباط بها

أريد أن أحقق حلمي بأن توافق الأميرة على الزواج
بي، وأنا مستعد لفعل كل ما يطلب مني..

وكل ما تطلبه هي مني..

وكل ما يطلبه من الحكماء والوزراء

أنا مستعد لفعل أي شيء..

والآن سوف ألقى قصيدة للأميرة..

قصيدة الأميرة هيا

يا أميرتي..

يا أميرة الجن ما رأيت مثلك بين الإنس أميرة

روحي معلّقة بك مقيدة، ولك هي أسيرة..

يا أميرتي أيتها النجمة منيرة

يا من أنت للمش في انفرادها نظيرة

للعاشق هل أنت نصيرة؟

فأنت القاضي والحاكم والحكيم والوزيرة

وأنت المرسل والمرسول والسفيرة

نبضات قلبي غير مضبوطة الوتيرة

أعاني تحت السماء العالية ومن حظوظي العسيرة

ليس لي إلا قلب يتألم ويتقلب على حسيرة

أعاني من أيام فقيرة

ليس لي فيها أهل ولا أحباب كثيرة

إنها الوحدة بعيدا عنك أيتها الأميرة

أرجو اللقاء بسبل يسيرة

أتوسل إليك فآمالي باللقاء كبيرة

أيتها الجميلة مثيرة

أرجاك بعيون القلب والبصيرة

الطريق إليك ليست قصيرة

ولكن لن تعيق طريق كسور في الأرجل ولا جبيرة

إنها قصة مثيرة

قصتنا وقصة حبي لك هي قصة آسرة خطيرة

وفيها آلام مريرة

فارأفي بحالي إن كنت بحال البشر خبيرة

لأني لن أتوب عن حبك حتى الأنفاس الأخيرة

لعنة الأميرة

لقد كان خيّال يلقي أبيات قصيدته، وهو يتأمل جمال الأميرة، ولا يكاد يصدق بأن الأمر حقيقي..

لقد تحقق حلمه بالفعل، ووجد الأميرة، ووجد مملكتها وعبّر لها عن حبه القوي.

كان قلبه ينبض بقوّة وشدّة وسرعة، فهو سوف يسمع جوابها بعد قليل..

كان لديه يقين بأنها سوف توافق على الزواج به،

لقد كانت حلمه الأكبر والأقوى..

وكان يفكر بينه وبين نفسه، ويقول:

سوف أخبر الجميع عما حدث معي، وسوف أخبرهم بأنني قد وجدت المملكة.

لم يكمل كلماته تلك حتى صحا من نومه، وقد كان نائما، ويهلوس من شدّة الحمّى التي كان يعاني منها.

فهو لم يجد المملكة، ولم يدخلها، ولكن ما حدث معه كان مجرد هلوسة..

كاد خيّال أن يجن بعد أن وجد نفسه في الصحراء، والهواء الساخن يلفح جسده، الذي كان يعاني من الحمّى الشديدة، فهو لم يشف بعد.

وهكذا قام يصرخ ويبكي، وهو لا يصدّق بأن كل ما مر به من تجربة جميلة، ما هو إلا حلم استيقظ منه بسهولة.

وراح يصرخ بأعلى صوته، ويناجي الأميرة، ويناديها

لقد كان يقول:

أين أنت يا أميرتي؟

أين أنت؟

لقد كنت هناك في المملكة، فأين أنت؟

لما أنا هنا؟

لماذا حدث هذا؟

ما الذي حدث؟

وبما أنه متعوّد على مخاطبة قومها دون أن يراهم
فواصل كلامه، وقال:

أرجوكم ردوا عليا.. أريد جوابا..

ما الخطأ الذي اقترفته؟

ماذا فعلت؟

أنا أعلم بأن ما حدث كان حقيقيا، وليس مجرّد حلم أو هلوسة..

لما قمتم برمي جثتي هنا؟

لقد أخرجتموني من جنة الأميرة.

ماذا حدث؟

هل فاتني شيء ما؟

وفجأة هبّت ريح شديدة، وسمع أصواتا، وكتبت له كلمات على الرمال..

كتبت كلمة خائن..

وسمع الكلمات التالية:

لقد تمّ نفيك، لأنك خائن.

أنت أثبتّ.. بأن ما تدعيه لم يكن حبا.

بل كنت تريد أن تتباهى بالأميرة

كنت تريد أن تتباهى أمام الناس

وقد سمعنا كل ما كنت تفكر به

أنت لا تستحق الجنة التي دخلتها، لذا تمّ نفيك منها.

والآن أخرج من أرضها، وإلا ألقيت عليك لعنة الأميرة

Sommaire